句集

碇星《いかりぼし》

西池冬扇

ウエップ

句集　碇星／目次

装幀・近野裕一

句集
碇　星

〔五〇〇句〕

丙戌 ひのえいぬ（二千六）

〔二十四句〕

補陀落へ渡る船なり冬鴉

陀羅尼誦す息の白さも熊野かな

木枯を集めてここは番外寺

餅花の揺れているやらいないやら

節分の恵方の闇のほのじろさ

豆撒や一人ぼちなら鬼も来よ

有平糖カリカリお江戸花曇り

橋の上に杖をかつぎし遍路かな

虎杖を手折りぬ雲の速き野に

缶蹴りや花樗から二三人

聖書から吹き飛ばされし夜の蟻

茱萸の種ぷっと吹いては行者面

風もなし敦盛草を指で突く

雷近し姉三六角小走りに

眼の奥に赤い火一つ蚊遣豚

熱帯夜ウイルススキャン延々と

里山でぶつかり戻る祭笛

地蔵会の粒の小さき団子かな

ご詠歌や堂にかぶさる大銀河

ダムの上のとんぼの上のとんびかな

六角の電話ボックス月中天

ライターの蓋しめる音時雨の夜

輝の手がくれし大根の太きこと

今日よりは冬木と呼ばん梢鳴る

丁亥　ひのとい（二千七）

〔三十九句〕

あらとうと真白き伊勢の新暦

初旅は月夜の蟹を食べし宿

初夢や鬼女の尿する枕元

浅春の逆さに伏せし猫車

遍路二人同じ姿で濡れ行けり

生れ生れて蝌蚪三界の城の外

燕の子床屋の隣り時計店

鐘鳴りぬ葉は三枚の桜餅

脛長き屋根の鳳凰旱雲

信州斑尾　三句

田植え待つ水に夕風走りけり

白百合のくずれていたり一茶堂

雨涼し一茶の行李の底に本

土佐赤岡絵金祭　三句

古着屋の続く町並み大西日

ヨーヨーの紐のちぎれし祭の夜

ふわふわと回り灯籠のお化けかな

隠岐　六句

夏雲や零番線の発車ベル

駅弁の蓋の飯粒煮伽羅蕗

芋の葉の丸まっている真昼かな

雲丹捕りの足裏の白のひらひらと

老鶯や隠岐の汽笛は長く曳く

台風来烏賊釣り船の舫い綱

曇る日の無言の蟬が落ちにけり

秋蝶は阿吽の獅子の行き戻り

赤とんぼついと戻りぬ村境

柿一つ上り框に置かれおり

月の夜にほろほろ落ちる零余子かな

男下駄わざと鳴らしぬ十三夜

金色の柚子を挟みし竿の先

賀茂御神楽に韓神・人長舞を拝す

神降ろす声や山城底冷えす

桃青忌痩せたる猫が爪を研ぐ

ペーチカで文を燃やせし旅の人

残照や風切鎌の影細く

脱衣婆の膝に子猫と山茶花と

煤竹の立てかけてある寺の門

実万両妻は立つ時「どっこいしょ」

大道芸空へ火を吹く年の暮

虎落笛男にひそむやくざ性

歪みガラス川の向こうも聖夜の灯

長き夜の引いたジャックの細き髭

戊子《つちのえね》

（二千八）

〔四十八句〕

馬籠　三句

雪降り積む形有るもの無きものも

さるぼぼは目無し赤顔夜の雪

傀儡師の越えた峠を越えにけり

餅花や目ン玉剝いた木偶頭

インド象の寝たる姿よ雪の山

初東風や大甕低く鳴りどおし

春泥を落とす地団太橋の上

笠脱ぐも水飲みおるも遍路かな

おちこちの鬼を打つ声星なき夜

春の夜の少年獅子座探しおり

立春の押し入れ開けし寒さかな

三寒の土柱群衆の如く黙したり

鳥帰るオノコロ島を鉤となり

白き神馬蹄で掻きし春の土

お二人で笑うておじゃる土の雛

新宿元淀橋浄水場　六句

花水木スケートボード宙返る

黒南風や都庁に低き雲の渦

デイパックの背広が四人虚子忌なり

段ボールの家を濡らしぬ花の雨

月おぼろ内藤新宿交差点

香水や三人連れのニューハーフ

徳島佐那河内村　三句

耕運機シロツメクサもなんのその

あめんぼや水田の底の靴の跡

風吹くな片栗の花揺れどおし

コンクリトの壁にぶつかる油蟬

鹿の子百合かう考えて山の道

生臭く夏草に蛇まぎれけり

夜の秋目高の甕に水を足す

鳶の輪は鰯雲まで届かざり

メモ帳のへっぴり虫を吹き飛ばす

ひやひやと唇にあてたる銀の笛

鈴虫の羽透けている夜明けかな

煌々と苅田の上の太白星

渋柿の落ちて沈んでまた浮きぬ

猫車押して花野に分け入れり

峠越え男の籠の藤袴

威し銃谺はいくたびも

田の神の後ろ姿よ郁子熟れて

野分かな風に押される懐手

出雲・石見銀山　六句

猿の手に似たる人の手温め酒

荒海や鳶の羽先は三つに割れ

風吹いて石見銀山猫じゃらし

昼ちちろ栄螺の殻に灯る燭

出雲では蒲の穂絮を吹き飛ばす

幻の雲太《うんた》渺々神迎え

蔓引けば藷の親やら子供やら

これはまた村一番の赤大根

棟梁来冬至の太陽背に受けて

己丑

つちのとうし（二千九）

〔六十三句〕

盃の金箔ゆらす二日かな

正月や「國尾守」のカイゼル髭

歌がるた十八番《おはこ》の坊主後ろ向き

福笹を担ぐ俵の浮き沈み

佃島　二句

薺打佃の路地にまたも路地

根木打の残せし跡や路地暮れて

上野公園　三句

手長猿の唄声哀し寒晴れて

冬天に壺投げ上げる曲芸師

跳ね上げるちょん掛け独楽の行き所

村は春四方に向いた拡声器

よなぐもり集団下校のしんがりさん

天頂へ鳴き続けたる雲雀かな

春燈やペーパーナイフの深き傷

我が影を落とす菜の花畑かな

蛸壺にフジツボ乾く春日かな

四顧傾聴春禽いまだ醒めやらず

指で揉む眉間のくぼみ花曇

揚雲雀　二上葛城金剛山

ビニールの傘に花屑透けており

一列にうつむき来るや雨遍路

木戸口を抜ける蝶々や昼の寄席

片栗の花踏んで行く六部かな

イーゼルを背負うた帽子麦の秋

豆飯の皺のある豆無き豆も

浅草 三句

薔薇切るや伝法院の御住職

ズボンボを団扇であおぐ女かな

神谷バーカンカン帽が素通りす

蟇出たり天目一箇神《あめのまひとつかみ》おわし

緑陰の禅門くぐる大鴉

ゲルニカや熱き舗道の甲虫

大日蝕尺取り虫は首を振り

秋風や岩塩結晶陽に透かす

耿耿と寝釈迦の鼻の大西日

ばりばりと伸ばせば匂う盆提灯

満月の沢蟹赤き鋏振る

金魚玉覗く床屋の親父かな

北杜先生追悼　三句

赤光を放つ蓮よ師は逝ける

深き夜の眉山にかかる柄杓星

陽は高しひまわり畑の迷路道

新蕎麦のまずは一本啜りけり

がたがたと閉じる雨戸や天の川

毬栗や昨日おろしたゴム長靴

お地蔵にひしゃげた柄杓秋の水

缶蹴りの子供潜めり芒原

「ごはんよと」遠く呼ぶ声秋夕焼

行く秋を庚申塚の忘れ鎌

十三夜ピストルを擬す指の影

湯気高し妻が在所の今年米

徳島動物園　六句

背中掻く樹懶《ナマケモノ》の手十一月

獺の鳴き続けたる寒さかな

まるまると太る狸や阿波晴れて

冬に入る石を転がす象の鼻

パンパグラスは穂に雄ライオンの大欠伸

春遠しやはりキリンの首長く

冬帽の銭鳴らしけり辻楽師

ラッパ節だらだら坂の冬落暉

煎り立ての椎の実熱し背戸の雨

鋤き跡を渡る虫あり冬うらら

山颪はっしと薯の畝を打つ

石州瓦を跳ね跳ね落ちる霰かな

バリカンの置かれし棚よ冬の蠅

しわぶきや和尚マッチで灯を点す

実南天柄杓一つが上を向き

庚寅

かのえとら（二千十）

〔六十九句〕

萩　三句

一まわりほどの塾舎や初松籟

輪飾りや幽閉の間はがらんどう

初買の丸めて包む「至誠の書」

梟の鳴く夜はいつも夢に色

狸死す星の明るき県道に

笹鳴きや天地返しの鍬振れば

耳冷たし風が山のうわさなど

姥捨ての山小さくて遠霞

草萌や銅鐸眠る丘に立つ

酸茎漬妻の切りたる五ミリ厚

寒明けの洗濯バサミこわれけり

立春の玉子ごはんをかき回す

春陰の着信信号青光る

街頭にさきのおどや花曇り

花冷えや空き缶つぶす靴の音

門柱に猫ぺったんこ春の風

椅子の背をするりと落ちし春ショール

柄杓立て柄にこぼしたる春の水

鍬振るやそこからここは芋植えて

白い鯉また白い鯉日永かな

役者絵の寄り目をまねて花曇り

辛夷咲く分校までの上り道

後ずさる田植えの笠は一列に

右役場左学校蝌蚪の紐

ボンと鳴る胴のくねりや鯉幟

一頭の牛駆けてゆく栗の花

みちのくのゴッホになれよ麦の秋

左手のあれが安達太良梅雨の雲

奪衣婆の赤き喉や五月闇

楓若葉芭蕉も曾良も岩に座し

銘酒屋のだらり提灯梅雨深し

炎昼や高圧線の影またぐ

雷遠し炭酸水の泡の列

夕立の気配猫バス来る気配

紫陽花の峠から来たお嫁さん

滝の上にまた滝のあり行者道

阿波津田の盆　三句

盆明けのおだんご一つ転げ落ち

松の湯は五の日が休み夏の月

割り箸の足の不揃い茄子の牛

釣瓶落さても帰りの清水坂

野分くる三年坂の托鉢僧

名月や阿闍梨餅にておじゃります

焼茄子のプスと湯気吹く妻の留守

仰向いて銀河の中へ落ちてゆく

レコードの傷あるところ夜長かな

片方の鼻緒切れたり十三夜

豆腐屋のラッパ追いかけ鰯雲

鵙高音縁先で拭く村田銃

天高し子供騎馬戦突撃す

豊年や泣く児を嚙る獅子頭

鴨日和知事の挨拶にこにこと

風激し社務所の裏の猪の罠

神無月今日はなにして遊ぼうか

硝子戸のガタガタさても十月尽

立冬の輪ゴムで倒すマッチ箱

一遍の口の小仏鵙高音

色里の菊や一遍子規茂吉

霜月の蛸焼きの蛸噛んでいる

時雨来る突然灯す対向車

冬蠅の丸き背中の光りおり

ひだまりや寝釈迦の顔の小さくて

立どまる僧のくさめのたてつづけ

階段を登る師走の十四日

山腹に子供基地あり冬うらら

ジョンレノン星の大きな聖夜かな

数え日の荷台に太き松の枝

北風や英字新聞川へ飛ぶ

くさめして三千世界ひとりぼち

ぷっつりと千切れし葉っぱ大根引

辛卯 かのとう（二千十一）

〔六十九句〕

もう一度引いて大吉初詣

幾度もゆがみなおせり新暦

犬小屋の毛布日に干す四日かな

福耳は母の耳なり蒲団叩く

しわくちゃの首だけ出たる蒲団かな

マフラーを賢治の如く巻きにけり

引っかかり出てこぬ神籤初稲荷

天狼やかすかに光る道の石

顔埋め干した蒲団を運びけり

待春の見知らぬ人が会釈する

黒胡椒カリリカリリと浅き春

尾を立てし猫又の影春の月

風光る校長先生の長話

雨水なりピアノの蓋の薄埃

非常階段ぐるぐる昇り春の星

大地震の続くや夜の牡丹雪
しじみ汁かしゃかしゃ今朝も海が揺れ
かの大地《おおとこ》鎮ませ給え春の雷

初桜地震に疲れし国なるも

風呂敷の覆面忍者春休み

階段を一段おきに実朝忌

新しき歯ブラシの色三月尽
おがたまの花のひとひら散りにけり
筍を蹴飛ばしている隠居かな

辛夷咲く村の生徒は十二人
立雛少し離してまた寄せぬ
よなぐもり根付けの獅子の緒が切れぬ

またも地震桜の蕊の降り続き

花の昼蛇口ひねれば水の出る

地震の夜の桜が放つ青光

ふらここや妹を泣かす兄のいて

春深し孔雀激しく羽鳴らす

飛燕一転潜水橋に水すれすれ

交叉する田植え汚れの轍かな

軒深く赤い玉葱乾きおり

青田風破れオルガンもプウと鳴れ

信長忌そしてまもなく光秀忌

青光る孔雀の首よ木下闇

夏の夜の開ければ匂う蓄音機

足並を揃えそこねし百足かな

桐の花遊動円木濡れていて

蝶の羽を振り振り通る蟻の列

北西へ古き海図をわたる紙魚
まっすぐに弥陀の指より蜘蛛の糸
沈む陽の水滴たるる大ジョッキ

大塚国際美術館　三句

コインロッカーの扉パタンと冷房裡

起絵のユダの背後にナイフの手

秘儀の間の赤き石壁蚊が一匹

松蟬や前頭葉の奥の奥

提灯屋の提灯ずらり大暑かな

棒杭に軍手片方終戦日

夏休み校長室の古時計

秋の蚊をにぎりつぶせる拳かな

傾いて進む農夫や颱風来

伊勢丹のタンタカタンの秋日和

天球の回るはやさよ大銀河

源義忌かっと飲んだる般若湯

大カボチャに腰かけている老女かな

彼岸花坊っちゃん嬢ちゃん何処行くの

駆 け 下 る 黄 泉 比 良 坂 彼 岸 花

岩鼻に引っかかりたる碇星

顔洗う猫の右手も日の短

南瓜の三角眼の奥の火よ

櫨真赤山猫の鞭ぱちと鳴る

楷紅葉手のひら厚き孔子像

堤防の踏まれ吸い殻時雨来る

根木打一人帰ればまた二人

竹馬の塀に三人もたれおり

煤逃げやまた炭小屋の吉良切られ

壬辰

みずのえたつ（二千十二）

〔九十句〕

八百万また希羅の神初日の出

冬至南中にわかに騒ぐ群鴉

胸元のあたりこそばし冬至柚子

初買や糖分零で酒精零

ががやがやと来たる七人福娘

板前の生まれ在所や蕗の薹

牡蠣雑炊壁の一条さゆりかな

早春の黒き子犬よ野を走れ

竹馬が泣き泣き帰る日暮かな

ぽこぺんをひがな一日ぽこぺんと
宝引や力士めんこは三等身
山畑の恵方あちらと鍬を打つ

風光る海と川とに境なく

大甕に映りし雲も春近し

笹鳴きと足を止めればただ風が

二ン月の小声で話す副校長

啓蟄や去年無くせしボールペン

むすび山団子山過ぎ阿波の春

囀りや光ケーブル隣まで

梅さむしいどのかたいの誹諧師

空き缶をぺこんと鳴らす花の冷

大男いちご大福一口に

春陰の根付けの鬼が舌を出す

薄くなる野良着の膝や東風ほろろ

沈丁花隣の娘里帰り

ざっくりとまたざっくりと春キャベツ

梅一輪峠越えれば平家村

春耕の小川に浸す鍬の先

囀や吾作権兵衛尻並べ

春疾風鴉を西へ吹き飛ばす

饂飩屋に遍路が一人雨静か

ピノキオの鼻の先にや桃の花

朧夜の紅茶で曇る銀の匙

停年の校長せんせの背広かな

日曜の校庭広し花の雨

奪衣婆のだらりおっぱい花三分

貝塚で転んでしまう花の宵

ぎゅうぎゅうの煮〆や鯛や花の下

桜蘂降るや空っぽ乳母車

鰐口がかつんと鳴りぬ春の暮

春風やレイリンさんの「紅艶艶」

幸せの国の王様花水木

吉野川干潟　三句

砂浜に海月平たく吹かれおり

馬刀貝の穴に塩降り粉糠雨

五月二十一日

ブツブツと蟹が泡吹く金環食

穀雨なり畝を三本作り終え

蚕豆の莢突っ立って朝の風

鉄線の花よく揺るる誕生日

五月尽黒山羊さんはメエと鳴く

花水木みんなで分ける袋菓子

贋作の油滴天目朧の夜

薇のはてな右向き左向き

春陰の曼荼羅のぞく虫眼鏡

ラムダという項の存在星祭

隧道の殺人事件栗の花

聖橋のたもと明るし残り梅雨

木の椀に高々盛りしかき氷

空き瓶のキリンチンタオ螻蛄鳴けり

閻魔堂に莫蓙を敷いたる昼寝かな

噴水の突如パタリと止まる音

ぶつかって蟬はジジイといったきり

水門に胡瓜一本置かれおり

蛇口よりしたたる水も今朝の秋

秋じめり折った線香に火を点す
ごろごろと南瓜ろろろんが転がれり
青柿を踏んでしもうた曲がり角

六道の辻を横切る蜻蛉かな

銀漢や工場前の狭きパブ

稲を刈るここからここが六年生

オッペンハイマーもアルツハイマーも原爆忌

星月夜夜鷹の声と思うべし

駒下駄のからんころんも無月かな

枝豆の湯気やサッカー零対零

渋柿というお隣の柿たわわ

裏山の内緒の通草色付けり

野分して鉄条網のポリ袋

コスモスの前で止めたる車椅子

新米の零余子入りなる大むすび

行く秋の一燈点す校長室

釣瓶落し眼鏡の看板目が動き

山雀は賽銭箱をつつきおり

北風に飛ぶ新聞のヌードかな

凍てし眼やわずかに動く北極星

鵙鳴くなチエッコ三八藁叩き

明日師走床屋の看板よく廻る

あの峯は風が吹くらし大根抜く

猫四匹あれま五匹か日向ぼこ

ふる里や亥子菓子には丸い穴

冬空よ三好の加茂の大樟よ

冬帝の泊まりなされしホテルかな

癸巳

みずのとみ（二千十三）

〔五十句〕

うっすらと花びら餅に透けし色

初鍬や四方の山に黙礼し

泣きべそのマスクが少し曲りおり

蠟梅や夜更けて戻る裏の木戸

長葱を提げたる赤のハイヒール

獅子舞の尻尾ピコピコ日脚伸ぶ

立春の靴の中から豆一つ

冴え返る夜は干諸あぶりつつ

梅開く庭から来たる配達人

青汁の味の変わりも雨水かな

新しき巣箱空っぽ粉糠雨

春一番古本街の赤値札

薄氷や母の墓には花供えよ

梅東風や撫でて冷たき鉄の牛

バレンタインデーハートのチョコをパキと割る

春障子むにゃむにゃむにゃと十善戒

霾曇天眼鏡の大きな目

もくれんや暮れそで暮れない坂の家

春の日や蟻のしんがり見届けむ

白木蓮がちゃりと閉じる鉄門扉

丸めがねの気象台技師桜咲く

通販のカタログ厚し百閒忌

猿山の他所向く猿や春の星

花水木横断中の旗かつぎ

行く春を孫の花子と過ごしけり

春昼の五分過ぎても来ないバス

花篝太郎冠者から来た手紙

岡山円通寺　六句

良寛像青葉楓のうらおもて

「可々貧《かかにひん》」働き蟻はぞろぞろと

大蟻の速き一匹通りけり

小手毬や時に良寛二十歳

蝶来ませ時に良寛七十歳

くちなしや葉裏の羽虫つるみおり

ががんぼや回せばきしむ井戸つるべ

大股の種蒔く人に朝日かな

波静かメダカ艦隊回頭す

ヨコバイの壁を斜めに歩きおり

門前の魯智深呵々と蟬じじと

青蛙雨だれに鳴るペンキ缶

京都祇園祭　九句

入ル上ルお面綿菓子焼ナンバ

ひおうぎや雛色数多屏風中

あらくやし女人禁制長刀鉾

長刀鉾粽売り切れコンチキチン

ひげもじゃの男の肩の粽かな

これはでかい丹波焼栗たまわれり

六角堂前の鋏屋夕立来る
蛸薬師金魚すくいの紙破れ
宵宮のあなたにぼうと東山

阿波三好　三句

赤白黄山の学校の鳳仙花

吊り橋のきしみや谷の合歓の花

ことことと麦茶の音も古薬缶

ブータンははるかに遠し雲の峰
マニ車まわせば鳴りぬ風涼し
巳の年の茅の輪くぐりは蛇のごと

かえぼりや河童が一人まぎれおり

釣り竿の少年走る夕立かな

硝子戸の向こうの蠅を弾きけり

一丁目と二丁目の境大夕立

ヨットからアランドロンが降りてくる

流星を観測するとき「アイウエオ」と唱え時間を測る

流れ星あいうえおあい消えにけり

落ち鮎や天にも地にも風強く

鈴虫の白く羽化する星無き夜

どん座る隣の畑の蔓南瓜

阿波虫送り　三句

虫送る長き松明ごうと振り

実盛さんつまづくまいぞ火のぞろろ

実盛の行列消ゆる屋敷杜

ボジソワカだけで立ち去る秋遍路

よろめくな鎌をさげるな枯蟷螂

薄皮の鯛焼き買わん秋の雲

弥陀ありて桜紅葉の虫の穴

たれいれた郵便受けに柿紅葉

どびろくや赤尾の敏と豆単と

秋の声笛吹童子は午後の五時

ゆで栗を割りし大きな前歯の子

夜長しフルヤノモリのうわさなど

秋暑し宗旦狐は僧に化け

どんぐりを踏めば団栗踏みし音

ふるざけや獏の喰らいし夢一つ

黄落や脚長ピエロの行き戻り

蠟石の白き線路や秋の暮

風鳴りぬ神社の裏の狐釣

庫裏暗し御茶に昆布に実山椒

曼珠沙華摘みし娘の歳の数

村時雨はっと見返る女かな

松手入れ親方御茶にしませんか

秋うららだあるまさんがころんだ

長き夜の三角書いて丸にちょん

黄落の中や明日から村芝居

野菊咲くジュラ紀の岩の割れ目から

山姥のあけびとむべと吹く風と

貴種流離またはぬくぬく零余子飯

独楽つくらな団栗握る家路かな

小坊主が担ぐ大篠煤払い

売文家着膨れて豆喰らいおり

侘助や門の外まで客送る

折紙のトトロとサンタ並びおり

寒風や村内放送切れ切れに

馬齢とは除夜の鐘撞く寒山寺

（虚子の顰に倣い五百句とする）

あとがき

２００６年に東京から徳島に移住して、ひまわり俳句会の副主宰、翌年には主宰代行、翌々２００８年には主宰継承と生活の大きな部分を俳句が占めるようになり、人生の不思議を感じる。そのような時期を含む昨年までの八年間の作品から五百句を選択した。最後の一行「虚子の顰みに倣った」には格別の意味は無いが、ふと虚子の眉根を寄せた顔を想像したので記した。

ナマケモノの私を叱咤激励して下さったＷＥＰの大崎編集長ときくちさんに感謝する。また装丁の近野裕一さんにはいろいろご無理を聞いていただき感謝している。

２０１５年　　　　　　　　　　　　　　　　　　西池冬扇

著者略歴

西池冬扇（にしいけ・とうせん　本名：氏裕）

昭和19年（1944）　4月29日大阪に生まれ東京で育つ
昭和45年（1970）　ひまわり俳句会　高井北杜に師事
昭和58年（1983）　橘俳句会　松本旭に師事
平成19年（2007）　ひまわり俳句会主宰代行
平成20年（2008）　ひまわり俳句会主宰継承

著　書
　句集『阿羅漢』『遍路』『８５０５』
　随筆『時空の座第１巻』『ごとばんさんの夢』
　評論『俳句で読者を感動させるしくみ』『俳句の魔物』

俳人協会評議員　工学博士

現住所＝〒770－8070　徳島県徳島市八万町福万山8－26

句集　碇　星

2015年2月1日　第1刷発行

著　者　西池冬扇
発行者　池田友之
発行所　株式会社ウエップ
〒160-0022　東京都新宿区新宿1-24-1-909
電話　03-5368-1870　郵便振替　00140-7-544128
印　刷　モリモト印刷株式会社

※定価はカバーに表示してあります　ISBN978-4-904800-23-2